D0384035

Momo répare
les pannes

© Éditions Nathan (Paris, France), 2004 pour la première édition
© Éditions Nathan (Paris, France), 2007 pour la présente édition
Conforme à la loi n°49956 du 16 juillet 1949 sur les publications destinées à la jeunesse
ISBN 978-2-09-251407-8
N° éditeur : 10136083 - Dépôt légal : août 2007
Imprimé en France par Pollina - n° L43914

Momo répare les pannes

Texte de Christian Lamblin
Illustré par Vincent Bergier

Le jour se lève.
Soudain, un petit point
apparaît entre les nuages.
Il grossit, grossit...

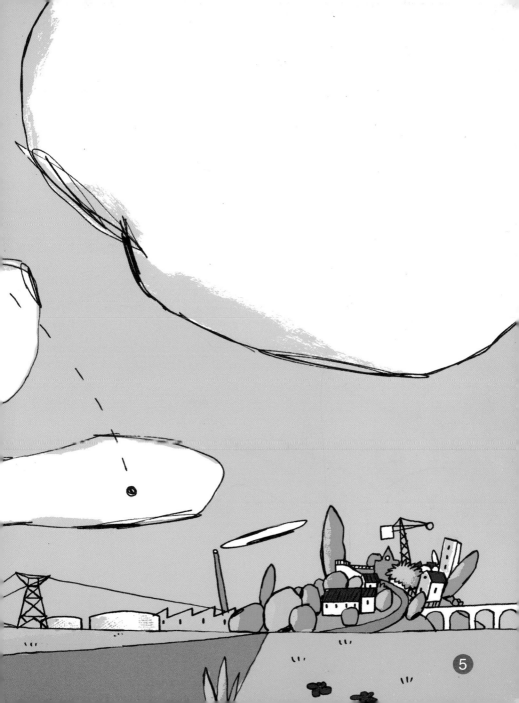

Incroyable !
C'est une soucoupe volante !
Elle se pose à côté d'une voiture.

– Ça m'est égal, répond le conducteur.
Ma voiture est en panne.

Momo éclate de rire !

Je suis Momo.
Je répare les pannes.

Momo commence à démonter
la voiture.

Momo a trouvé la panne.
C'est un petit fil qui était cassé.

Momo a réparé la panne.
Bravo Momo !

Mais le monsieur
n'est pas très content.

Momo aperçoit une dame
dans son jardin.
– Quel malheur ! dit la dame.
Mon jardin est tout sec !

Momo souffle sur les nuages,
et hop !
il pleut sur le jardin !

Je répare les pannes
et les jardins.
Bravo Momo !

Momo est très content
mais la dame est furieuse !

Momo rencontre un tout petit garçon qui pleure. Il s'approche de lui et dit :

Bonjour, je suis Momo. Tu as bobo ?

– Mais non,
répond le garçon.
Je pleure parce que
mon chewing-gum
ne fait pas de bulle.

Momo éclate de rire !

Je répare les bulles.
C'est facile !

Il tape dans ses mains, et hop !
le garçon fait une énorme bulle.

Soudain... boum !
La bulle explose !

Momo croise un grand-père
qui discute avec sa petite-fille.
– Pauvre papy ! dit la petite-fille.
Tu n'as plus de cheveux sur la tête !

Momo sourit.

Je suis Momo
et je répare les têtes !

Momo siffle, et hop !
le papy a plein de cheveux sur la tête.

Momo est très content.

Je répare les pannes,
les jardins, les bulles
et les têtes.
Bravo Momo !

La petite fille est ravie,
mais pas le monsieur !

Tout à coup, Momo aperçoit les gens
derrière lui. Ils veulent sûrement
le féliciter pour son bon travail !
Momo leur fait
un beau sourire.

Je suis Momo,
je répare
les pannes !

– On est en colère ! crient les gens.
Tu ne fais que des bêtises !

Momo est très étonné...

Momo répare tout !
Il répare aussi la colère.

Momo chante et...
incroyable !
Des bonbons et des fleurs
tombent du ciel. Les gens
retrouvent le sourire !

La nuit tombe. Un petit point disparaît à l'horizon. C'est Momo qui retourne sur sa planète.

Au revoir Momo.
Et bon voyage !

Le texte à lire dans les bulles est conçu
pour l'apprenti-lecteur.
Il respecte les apprentissages du programme de CP :
le niveau TRÈS FACILE correspond
aux acquis de septembre à décembre
et le niveau FACILE à ceux de janvier à juin.

Cette histoire a été testée à deux voix
par Sophie Dubern, institutrice, et des enfants de CP.

LECTURE TRÈS FACILE

Qui es-tu ?
de René Gouichoux, illustré par Emmanuel Kerner

Quel animal effrayant se cache dans cette cage ? Léo le mulot va bientôt le découvrir. Il y trouvera peut-être une nouvelle **amie**. Mais, quand on est **étranger**, tout le monde ne nous **accepte pas** aussi facilement…

Je fais ce que je veux !
de Didier Lévy, illustré par Éric Meurice

Le professeur Gloum a créé un **super robot**. Mais les réglages ne sont pas au point : BZ 42 n'en fait qu'à sa **tête**. D'ailleurs, sa tête ne lui plaît pas ! Et s'il **se transformait** un peu ?

LECTURE FACILE

T'es trop moche, Jim Caboche !
de Guy Jimenes, illustré par Benjamin Chaud

Arno a très envie de **jouer** au pirate avec son **papa**. Mais celui-ci est trop occupé à réparer la voiture. Pauvre Arno ! Comment faire pour obliger son père à se battre comme tout **pirate** qui se respecte ? Il n'y a plus qu'une solution : le provoquer en duel !

Bas les pattes, pirate !
de Mymi Doinet, illustré par Mathieu Sapin

La princesse Zoé passe ses **vacances** sur le bateau de son père, le roi Igor. Elle commence tout juste à **s'amuser** avec le matelot Léo, lorsqu'une menace s'abat sur le navire : des **pirates** !

fantastique

Quel bazar, Léonard !
de René Gouichoux, illustré par Pronto

La mère de Léonard en a assez du **désordre** qui règne dans la chambre de son fils. Léonard doit **ranger**. Mais devant l'ampleur de la tâche, il est **découragé**. Soudain, on frappe à sa fenêtre…

J'ai été mordu par un extraterrestre !
de Alain Grousset, illustré par Martin Jarrie

Le jour d'Halloween, une **soucoupe volante** atterrit dans le jardin d'Harry. Un petit **extraterrestre** en sort, s'approche du garçon… et lui mord le doigt ! Harry en devient **vert** de colère…

AVENTURE

Sven le Viking
de Arnaud Alméras, illustré par Robin

Après avoir affronté une violente tempête, Sven et son père Ofeig, le terrible chef des **Vikings**, échouent sur une île. Ofeig et son équipage se préparent à faire un **massacre**, mais les **habitants** de l'île leur réservent une drôle de **surprise**…

 ▷ Série *Les aventures du chevalier Bill Boquet*
de Didier Lévy, illustrée par Vanessa Hié

Le chevalier Bill Boquet sauve Melba

Melba est gravement **malade**. Elle atterrit précipitamment dans une décharge publique à bout de force. Bill Boquet est **désespéré** de voir sa meilleure amie dans un tel état. Pourra-t-il la **sauver** ?